KB089712

햇살 방석

한국디카시 대표시선

4

햇살 방석

디카시공모전 수상작품집

책임편집_한국디카시인협회

작가

디카시 발전과 확산의 뜻깊은 계기

디카시가 새로운 문예장르로 세상에 얼굴을 내놓은 지가 벌써 한 세대 전이다. 그리고 이병주국제문학제와 황순원문학제에서 처음으로 공식적인 공모전을 시작한 이래 7년의 세월이 흘렀다. 이제 디카시는 한국을 넘어 미국·중국 등 세계무대로 진출하고 있으며, 우리 시대의 갑남을녀 모두에게 친숙한 '손안의 예술'로서 하나의 대세가 되었다. 우리는 이를 통하여 예술이 일상이 되고 일상에서 예술을 만나는 새로운 시대적 패러다임을 경험하게 되었다.

이와 같은 현상은 이제껏 목도할 수 없었던 문예창작의 새 영역을 말하는 것이며, 그 배면에 하나의 시대정신(Zeitgeist)이 잠복해 있음을 반증한다. 하지만 디카시는 너무 많은 욕심을 내지 않는다. "디카시는 시가 아니다. 디카시는 디카시다"라는 언표(言表)는 바로 이 대목에 대한 경각심을 함축하고 있다. 그럼에도 불구하고 디카시의 양적 질적 성장과 발전은, 이 운동을 추동해온 우리에게는 반갑고 고마운 일이다. 이 일이 공여하는 즐거움과 동도(同道)의 나눔은 우리의 삶을 풍성하고 활력 있게 이끌어줄 것이다.

차제에 오랫동안 의미 있는 문학 창작 및 저술, 그리고 문화 전문잡지를 간행해온 도서출판 작가에서 한국디카시 명작총서를 기획하고 그 제1권으로 디카시공모전 수상시집 『햇살 방석』을 상재하게 되었다. 반갑고 고마운 일이다. 이 시집에는 그동안 디카시의 대중적 확산과 창작 기량의 승급을 견인한 여러 공모전 및 신인문학상의 수상작들이 실려 있다. 디카시 창작자, 독자, 동호인 모두에게 값진 계기가 될 것으로 믿어 마지않는다.

2021. 7.
한국디카시인협회 회장 김종회

—
차
례
—

머리말

제1부 하급공무원 같은 저 언덕배기들
_____이병주하동국제문학제 디카시

017 **김남호**   하동읍
018 **박우담**   지리산
019 **전현주**   사모하는 마음
020 **이철웅**   지리산 시집
021 **이승재**   펜의 힘
022 **김희정**   하동 가는 길
023 **김영빈**   붓글씨
024 **정지원**   지안재 가면
025 **신혜진**   두 개의 펜을 심은 까닭
026 **박종민**   소싸움
027 **임진순**   파도
028 **최미화**   마이크
029 **권수진**   빨래집게
030 **김종태**   장지 가는 길
031 **이재현**   체온등
032 **안이숲**   죽마고우
033 **최형만**   어떤 자세

제2부 수많은 웃음의 채널이 있다
_____황순원문학제 디카시

037   **윤예진**   기다림
038   **강영식**   일심동체
039   **김영빈**   공생
040   **박해경**   가장 좋은 집
041   **김향숙**   원고
042   **권지영**   동심
043   **김향숙**   엉킨 힘
044   **김희성**   잎사귀
045   **최영주**   수다
046   **정수경**   달꽃 피다
047   **황금모**   의자
048   **김성백**   업

제3부 커다란 공룡이 불길 속을 뛰어가고 있었다
_____ 경남고성 국제한글 디카시·해외대학생 한글 디카시

051   **전성대**   포크레인

052   **정원철**   첫사랑

053   **오병기**   몽돌

054   **이종섭**   아내

055   **유홍석**   묵언

056   **김종순**   냉전중

057   **류정양**   지하철 타는 사람들

058   **도배과**   어린왕자

059   **원세기**   아침해

060   **위이문**   비의 씨앗

061   **강흠**   캠퍼스의 봄

062   **박용해**   사라진 늙은이

063   **염욱**   미소

064   **왕문호**   태양 가로등

065   **왕일헌**   시간

제4부 햇살 방석
_____오장환디카시 신인문학상·제100주년 3·1절기념
배둔장터 독립만세운동· ECO부산·이형기디카시신인문학상

069 **강영식**   망부석
070 **강남수**   햇살 방석
071 **민수경**   합장合掌
072 **최경숙**   백년의 궤적
073 **김철호**   절개
074 **허진호**   고요의 바다
075 **김하람**   아름다운 것
076 **조말숙**   굽이 굽이
077 **조윤희**   조금씩
078 **문준호**   초량 이바구길
079 **이주석**   수채화 한 점

발문

082 **새로운 문예장르, 새로운 문화한류** 김종회

제1부

하급공무원 같은 저 언덕배기들

———

이병주하동국제문학제 디카시공모전 수상작

김
남
호

하동읍

주소를 붙잡고
떠날 줄 모르는
하급공무원 같은
저 언덕배기들

(2015 이병주하동국제문학제 최우수)

박우담

지리산

푸른 산맥을 넘어
신화가 달려오고 있다

(2015 이병주하동국제문학제 우수)

전
현
주

사모하는 마음

차마
나란히 앉을 수는 없어서
두어 발 물러나 바라보았네
글 읽는 선생님을
조용히 둘이서

(2015 이병주하동국제문학제 우수)

이
철
웅

지리산 시집

지리산이 쓴 제 시를 시집으로 묶어 팔고 있는 책방을
알고 있다.

시를 읽지 않는 것은 사시사철 꽃피는 동리나 꽃 지는
현대나 마찬가지다.

마수걸이조차 못한 채 산 그림자 내려와 오래 침묵하다
돌아간다.

(2016 이병주하동국제문학제 최우수)

이
승
재

펜의 힘

권위를 세운 것도 아닌데
칼날을 세운 것도 아닌데
진실이 올곧게 서는 直筆의 힘

(2016 이병주하동국제문학제 우수)

김
희
정

하동 가는 길

섬진강은 구불텅구불텅 흐르면서
온 논두렁 물을 죄다 상관한다

무얼 좀 막아보려 해도
그 틈에 끼어드는 푸른 것들은

그냥 하동으로 간다

(2016 이병주하동국제문학제 우수)

김
영
빈

붓글씨

청학동 서당의 풍월을 오래 들어왔을 테니
지리산이 붓글씨를 쓴 대도 이상할 게 없다
머리 위 하늘에 힘주어 쓴 '뫼 산' 한 글자
제 이름 석 자를 쓸 날도 멀지 않아 보였다

(2017 이병주하동국제문학제 최우수)

정지원

지안재 가면

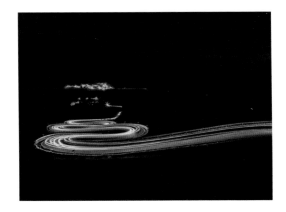

지리산 지안재 가면
밤마다
무지갯빛 꿈 똬리를 틀고
별 피어 오른다

(2017 이병주하동국제문학제 우수)

신
혜
진

두 개의 펜을 심은 까닭

하늘을 찍어 땅을 쓰고
땅을 찍어 하늘 쓰라는 말씀
한 해 지나 우연히 다시 와서야 읽네
땅과 하늘 증인 삼은 한 획 한 획

마음 어두운 나

(2017 이병주하동국제문학제 우수)

박
종
민

소싸움

배부르니까 힘자랑이라니
일 년 농사 다 망치겠네
지리산 산신령 잠 깨기 전에
강가에 가서 물이나 마시게
하동들판에서 싸움이 웬 말인가

(2018 이병주하동국제문학제 대상)

임
진
순

파도

지리산에 살고 있는
짐승의 하얀 혓바닥

저 부서지는
소리 없는 울부짖

(2018 이병주하동국제문학제 최우수)

최
미
화

마이크

쉿, 조용!
세상에 떠도는 음파를 낚아채
나이테에다 녹음 중이야
초록의 숨소리, 온갖 날갯짓 소리에
촉각이 곤두선 거 안 보여?

(2018 이병주하동국제문학제 최우수)

권
수
진

빨래집게

건물과 건물 사이
전깃줄에 일렬횡대로 사뿐히 내려앉은
빨래집게들, 바람에 날리지 않게
내 마음 여기에 걸어 두었으니
꽉 붙잡고 있으렴

(2019 이병주하동국제문학제 대상)

김
종
태

장지 가는 길

소리 없이 흐르는 곡소리 따라
공수래공수거 한통씩 짊어지고
끝없이 이어지는 삼베옷 장례행렬

(2019 이병주하동국제문학제 최우수)

이
재
현

체온등

체온 하나 체온 둘 그렇게
수백이 모이고 수천이 모여
온 몸을 태우고 태워 우리가 해냈어!
불을 냈다구 불을 냈단 말이야!

(2019 이병주하동국제문학제 최우수)

죽마고우

오래 쳐다보면 서로 닮아간다지

당신의 이마에도
오래 오래 함께 한 지리산 능선 몇 개쯤이야
너끈하게 새기지 않았을까

(2020 이병주하동국제문학제 최우수)

최
형
만

어떤 자세

한쪽으로 머리를 두는 일은
바다를 기억하는 태곳적 자세일까
온몸으로 비린내를 토하는 동안
바구니에 물회오리 인다

이처럼 엄숙한 생의 최후를 본 적이 있느냐

(2020 이병주하동국제문학제 최우수)

제2부

수많은 웃음의 채널이 있다

황순원문학제 디카시공모전

윤
예
진

기다림

소년 소녀의 추억 수숫단
주인 잃은 수숫단
비바람에 날아갈까
눈보라에 얼어버릴까
여름 내내 꽁꽁 묶어주는 넝쿨

(2017 황순원문학제 대상)

강
영
식

일심동체

사시사철 양평 두물머리에 가면
400살 느티나무 어르신이 혼례 주례를 보고 계십니다
신랑 남한강 군과 신부 북한강 양의
일심동체, 백년해로 기원에
하객으로 참석한 연꽃들도 덩달아 벙그러집니다

(2017 황순원문학제 최우수)

김
영
빈

공생

용문사 일주문 안에는
구절초 표지판을 더듬어
점자를 읽는 이끼와
죽었던 글자들이 함께
살아 숨 쉬고 있습니다.

(2017 황순원문학제 최우수)

박
해
경

가장 좋은 집

주택 청약 저축 30년
주택 담보 대출 이자 20년
집을 사려고 젊음을 보냈는데
나이 들어 알았네
그대만 있으면 가장 좋은 집이라는 걸

(2018 황순원문학제 대상)

김
향
숙

원고

누구의 밭일까
손으로 사랑으로 일군 저 칸칸의 농사
생각을 심어 싹이 나고
종이 한 장에 이야기를 키웠네
땀으로 거둔 마음 밭이 한 권이라네

(2018 황순원문학제 최우수)

권
지
영

동심

파릇파릇 돋아난 쌍무지개 사이로
소나기와 줄넘기하는 글밭의 음표들
토도독 톡톡톡 피어오르다

(2018 황순원문학제 최우수)

김
향
숙

엉킨 힘

엉키는 것들도 힘이 된다고
지지직거리며 흘러가는 전파
저 어지러운 전선들 속엔
수많은 웃음의 채널이 있다

(2019 황순원문학제 대상)

김
희
성

잎사귀

초록으로 물들어 있는 거야
길 잃은 밤들도 쉬어가는 자리 만들어 주는 거야
서로 다른 보폭으로 그늘을 만드는 거야
가끔은 작은 집이 되어 햇살에 환하게 출렁이는 거야

(2019 황순원문학제 최우수)

최
영
주

수다

아침부터 수다가 시작됐다
물 위에 동동
입 마를 걱정은 없겠지만
누가 제일 떠드는 지
입 모양만 봐도 알겠다

(2019 황순원문학제 최우수)

정
수
경

달꽃 피다

넝쿨을 아무리 올려도
가닿을 수 없어
하수오는
꽃으로 닿으려고
달꽃을 피우다

(2020 황순원문학제 대상)

황
금
모

의자

그래,
너희도 쉬어야겠지

그늘로
들어앉으렴

(2020 황순원문학제 최우수)

김
성
백

업

입만 있는 것이
입 없는 것을 물고 있다
살아본 적 없는 것이
살다 온 것을 꽉 물고 있다
두 업이 한 줄에서 만나고 있다

(2020 황순원문학제 최우수)

제3부

커다란 공룡이 불길 속을 뛰어가고 있었다

경남고성 국제한글 / 해외대학생 한글디카시 수상작

포크레인

화염이 쏟아지던 날
커다란 공룡이 불길 속을 뛰어가고 있었다
흙더미에 파묻힌 새끼
파내고 파내어도 매캐한 연기뿐
흙 수북했던 자리 그의 갈비뼈만 남았다

(2018 경남고성국제한글디카시 대상)

정원철

첫사랑

바다가 제 젖가슴을 온전히 드러내며
하늘을 향해 수줍게 돌아눕는 새벽
서로 부끄러웠던가?
얼굴을 붉히는데
갈매기도 못 본 척 돌아서 난다

(2018 경남고성국제한글디카시 최우수)

오
병
기

몽돌

할아버지 입 속에는 이빨 대신 파도가 사나보다
거친 말 각진 말
얼마나 궁굴렸는지 모서리가 하나도 없다

(2019 경남고성국제한글디카시 대상)

이
종
섭

아내

힘들고 지칠 때마다
나에게 기대는 아내
붉어진 얼굴로 눈물 흘리며
오래 아파하는 날은
내 푸른 어깨가 더욱 넓어집니다

(2019 경남고성국제한글디카시 최우수)

유홍석

묵언

울긋불긋 허공 흔들던 연등
절마당에 내려 앉으면
머리 깎은 스님의 화두 같이
세속 인연 훨훨 벗고
선정에 든 무채색

(2020 경남고성국제한글디카시 대상)

김종순

냉전중

찬바람 일으키며, 쌩
그늘지게 돌아앉아
불러도 대꾸 없네

세상에서 가장 무서운
그녀의 침묵

(2020 경남고성국제한글디카시 최우수)

류
정
양 (중국 정주경공업대)

지하철 타는 사람들

내뱉고 싶은 말 한 마디
나 힘들다는 그 말
하지만 그 말 꺼낼 순 없네
우리네 인생
그 누가 쉬이 가랴?

(2018 중국대학생 한글디카시 대상)

어린왕자

피곤하면 가면을 벗고 내 어깨에 기대
한바탕 울어버리고 일어나 봐
앞에 경치가 얼마나 아름답나
다시 나아가자

(2018 중국대학생 한글디카시 최우수)

원
세
기 (중국 정주경공업대)

아침해

가질 수 없단 걸 알면서도
난 여전히
매일 아침
너를 손으로 꽉 잡아본다

(2018 중국대학생 한글디카시 최우수)

위이문 (중국 하북외대)

비의 씨앗

하늘은 땅의 어머니
하얀 젖가슴

점점 불어서 커지면
비가 되어 초록을 키운다

(2019 중국대학생 한글디카시 대상)

강
흠 (중국 연변대)

캠퍼스의 봄

인문의 꽃을 피우며
울고 웃는
우리 청춘의 정원

(2019 중국대학생 한글디카시 최우수)

박용해 (중국 산동대)

사라진 늙은이

된장 맛이 은은한 시골 마당
새끼줄에 걸쳐 말린 고사리
때진 담장도 그 위의 고양이도
다 그대로 있는데
우리 꼬부장 할매는 어딜 가셨누

(2019 중국대학생 한글디카시 최우수)

염

욱 (중국 하북외대)

미소

동생의 마음속에 살던 소녀가
동생의 손끝에서 하얗게 피던 날
세상에서 가장 아름다운
동생의 미소도 함께 피었다

(2020 해외대학생 한글디카시 대상)

왕문호 (중국 청도이공대)

태양 가로등

은퇴를 하게 됐지만
자신의 특기를 살려서
마지막까지
기여하고 싶습니다

(2020 해외대학생 한글디카시 최우수)

왕일헌 (중국 하북외대)

시간

태양이 하늘 끝에 가라앉는 동안
빛을 거슬러 오르는 물고기 비늘
오늘이 남겨준 것은 과거
내일은 알 수 없는 서프라이즈

(2020 해외대학생 한글디카시 최우수)

제4부
햇살 방석

오장환디카시 신인문학상·제100주년 3·1절기념 배둔장터

독립만세운동·ECO부산·이형기디카시신인문학상

강영식

망부석

다시 천 년을 기다리면
당신 오실지 몰라

다시 천 년을 기도하면
번쩍 눈이 떠질지 몰라

(2018 제1회 오장환디카시 신인문학상 당선작)

강
남
수

햇살 방석

1억 4,960만 km의 거리를 달려 온
따뜻한 손님을 위해 내놓은
폭신한 물 겹 넣은
햇살 방석

(2019 제2회 오장환디카시 신인문학상 당선작)

민
수
경

합장合掌

지문과 지문이, 손금과 손금이 만나 희망이라는 새
지도를 만드는 날

보세요
손바닥과 손바닥이 서로의 바닥을 감싸주는
손과 손이 만들어낼 저 푸른 좌표를

(2020 제3회 오장환디카시 신인문학상 당선작)

최
경
숙

백년의 궤적

올가미 엮어
우리의 길 막아도
자유 향한 우리들
열망 꺾을 수 없었지
만세 만세 대한독립만세

(100주년 3·1절 기념 배둔장터 독립만세운동 대상)

김철호

절개

삼월의 하늘도 푸른 피 솟는
소나무를 품고 있다

하늘을 찌를 듯한 굳은 절개
저항의 피는 더 푸르다

우리의 심장도 고동쳐 온다

(100주년 3·1절 기념 배둔장터 독립만세운동 우수)

허
진
호

고요의 바다

텅 빈 바다, 뿔소라에 귀를 대면
그날의 외침이
그날의 울림이
그날의 감동이
당항포를 휘감아 울려퍼진다

(100주년 3·1절 기념 배둔장터 독립만세운동 우수)

김
하
람

아름다운 것

높은 곳만 보다 보니
높은 곳만 쫓아가다 보니
그것들만 아름다운 것인 줄 알았네
힘들고 지쳐 넘어지는 순간
부산 바다, 바로 내 발 밑의 아름다움을 보았네

(2019 ECO부산 일반부 대상)

조
말
숙

굽이 굽이

강물은 굽이굽이 흘러 바다의 품에 안기고
지게골 산동네 굽이굽이 불빛은
저마다 포근한 가족의 품으로 향한다

(2019 ECO부산 일반부 금상)

조
윤
희

조금씩

저만치 멀어져가는 엄마의 지느러미가
오늘따라 작아 보여
내 고향 오륙도는 그대로인데
우리가 상어인 것도 그대로인데
푸른 하늘은 엄마를 조금씩 가져가나 봐

(2019 ECO부산 학생부 대상)

문준호

초량 이바구길

피난민이 살았던 초량 이바구길
손금 같은 까꼬막 골목에
켜켜이 남아 있는 아이들의 웃음소리
168계단을 오르면
고단했던 부산 앞바다가 펼쳐진다

(2019 ECO부산 학생부 금상)

이
주
석

수채화 한 점

물 위에 하늘이 떠 있고
하늘 위에 나무가 걸터앉았다
물이끼를 태우고 나뭇잎이 출렁이는 오후

돌담 속에서 휴식 중인 우주

(2020 제1회 이형기디카시 신인문학상 당선작)

새로운 문예장르, 새로운 문화한류

– 세계무대로 진출하는 디카시

김종회(문학평론가, 한국디카시인협회 회장)

새로운 문예장르, 새로운 문화한류
– 세계무대로 진출하는 디카시

김종회(문학평론가, 한국디카시인협회 회장)

1. 왜 디카시인가, 왜 새로운 문예장르인가?

시는 아리스토텔레스 이래, 그리고 동서양을 막론하고 가장 연원이 오래된 문학 장르다. 시가 그 장구한 역사 과정을 통해 축적된 품격있는 수준과 미학적 가치를 폄훼할 수 있는 이는 어디에도 존재할 수 없다. 시는 시이고 문학이고 예술이며, 항차 후대에 발현된 소설 같은 문학이 넘볼 수 없는 어떤 위의威儀와 저력을 가졌다. 우리의 디카시는 이처럼 강고하고 창연한 시의 성채에 도전장을 내밀지 않는다. 운동선수들에게 있어서 가장 원대한 꿈은 올림픽에 국가대표로 출전하는 것인지도 모른다. 그러나 그것만이 운동이 아니며 그것만이 체육이 아니다. 내 삶터와 가까운 근린공원에서 평행봉을 하고 배드민턴을 치는 것도 운동이며 체육이다. 디카시는 이러한 '생활체육'과도 같다.

생활체육이라는 어휘에서 그 어의語義를 빌려오자면, 디카시는 일종의 '생활문학'이다. 누구나 접근할 수 있고 누구나 쉽게 즐거워할 수 있는 시, 누구나 창작할 수 있고 누구와도 나눌 수 있는 행복한 시운동이 디카시의 꿈이다. 남녀노소를 막론하고 시詩의 고금과 양洋의 동서를 넘어서 자유롭게 소통할 수 있는 새로운 시의 장르를 제안하는 것이 디카시의 손짓이요 몸짓이다. 꼭 어느 누군가가 따라와야 한다고 강요하지 않으며 동시에 어느 누군가는 안 된다고 저지하지도 않는다. 그러나 디카시는 하나의 시대사적 운명이다. 우리가 사는 세상이 활자매체 문자문화의 시대에서 전자매체 영상문화의 시대로 현저히 이동해 있는 지금, 디카시와 같은 문예장르의 출현은 어쩌면 이미 예견되어 있던 것이라 할 수도 있다.

어린아이에게서 노인까지 누구나 손에 핸드폰, 스마트폰을 들고 있는 시대다. 이들은 언제 어디서나 이 '손안의 보물'로 사진을 찍고 좋은 사진은 오래 들여다보곤 한다. 바로이 지점이다. 아주 극적인 광경이나 장면, 아주 뜻있고 보람 있는 영상을 순간적으로 포착하고 여기에 몇 줄의 상징적이고 압축적인 시적 문장을 덧붙인다. 이 짧은 시행이 촌철살인의 표현과 기개를 가졌으면 그 묘미 또한 더할 나위가 없다. 디카시 카페를 중심으로 SNS를 통하여 많은 동호인들이 이렇게 창작된 디카시를 실시간으로 소통하며 공유한다. 이는 오늘날과 같은 디지털 시대의 도래를 내다보지 못했던 지난날에는 꿈에서도 그리기 어려웠던 창작활동의 모형이다. 디카시를 새로운 시대의 새로운 문예장르라고 호명하는 근거가 여기에 있다.

　　　짧고 한정적인 분량의 시가 그 성가聲價를 자랑하는 경우는 문학사에서 드물지 않다. 우리 시조는 디카시에 비해서는 긴 편이지만, 아주 길지는 않다. 일본의 하이쿠는 17자 분량의 문안에 담긴 시 문학으로 세계에서 가장 짧은 시였다. 그러나 '가장 짧은'은 이제 디카시와 엇비슷하여 크게 변별력이 없어질 형국이다. 하이쿠는 그 17자 안에 반드시 하나 이상의 계어季語 곧 계절을 나타내는 용어를 사용해야 하고, 기레지切字곧 감탄 어미를 사용해야 한다. 이러한 규제 조건은 하이쿠를 고급한 시로 추동하고 많은 수발秀拔한 하이쿠 시를 생산하게 한 요체가 되었다. 디카시는 이와 같은 명예를 욕심을 내지 않는다. 본격문학이 아니라 생활문학이라는 신조를 문전에 내걸었기 때문이다. 그래서 편의하고 자유로울 것은 분명하나 그에 따른 경각심도 필요하다.

　　　디카시는 생활문학으로서의 공감과 감동, 재치와 유머, 평범하면서도 예사롭지 않은 '한 칼'이 살아 있기를 지향한다. 그러한 측면에서 디카시와 친숙하고 디카시를 즐거워하는 그야말로 동호인 그룹과, 디카시를 통해 영상과 문자의 '천의무봉天衣無縫'한 결합을 시도하며 형식적 특성에 준하여 시적 미학을 추수하려는 전문창작자 그룹의 구분이 필요해 보인다. 그래야 디카시가 그 가치를 제대로 인정받고 내일의 길을

열어갈 동력을 얻을 것이다. 그리고 이 두 그룹은 반목하고 외면할 것이 아니라, 서로를 존중하고 격의 없이 교통해야 할 것이다.

특히 주의할 것은 영상에 따른 시적 문장이 중언부언 길어지는 경향에 대한 경계다. 어쩌면 영상에 덧붙인 시행은 다섯 줄도 많은 편이다. 이 대목은 이론가가 창작자에게 언표言表하기에는 매우 예민하고 조심스러운 국면이다. 하지만 이러한 가이드 라인은 이 문예장르의 형식적 특성에 대한 공감대가 일반화되기까지는 어쩌면 일종의 필요악일 수도 있다. 또한 지금까지는 주로 정지된 사진과 시적 문장을 결합하는 방식이 사용되고 있지만, 앞으로는 창작자의 성향과 기호에 따라 동영상과의 결합이 등장하고 빈번해질지도 모른다. 이를 유념하여 필자는 '사진' 대신 '영상'이란 용어를 사용하고 있는 터이다.

2. 디카시의 활성화와 글로벌화로 가는 도정

디카시는 해독이 어려운 시, 시인들만의 전유물로 독자와 불통하는 시를 버리고 공감과 소통의 시, 누구나 창작하고 향유할 수 있는 시로 탈바꿈하게 해 보자는 '야무진 꿈'을 안고 있다. 그런데 이러한 꿈이 그 발원의 땅인 경남 고성을 넘어 삼남 지방을 휘돌아 한국 전역으로 그 무대를 넓혔다. 그리고 이제 국경을 넘어 미국, 중국 등 해외로 확장되어 가고 있으니 문학의 활성화, 대중화, 글로벌화에 있어 기꺼운 일이 아닐 수 없다. 처음에는 소수의 디카시 동호인과 이론가들이 동참했으나, 이제는 불특정 다수의 독자들은 물론 한국 문단에 널리 이름을 가진 저명 시인들도 디카시 창작의 한 축이 되고 있다.

디카시가 발원한 고장은 경남 고성이다. 올해로 14회에 이른 '경남 고성 국제디카시페스티벌'이 이 시운동의 선도적 역할을 맡아 왔다. 한편 디카시 공모전이 여러 문학제에서 다양다기하게 열리고 있다. 고성 인근 하동의 이병주국제문학제와 토지문학제, 진주의 형평문학제, 충북 보은의 오장환문학제, 경기 양평의 황순원문학제 등의 문학제가 그렇다. 디카시는 이제 중·고등학교 교과서에 수록되는 공적 인증을 받기에 이르렀고, 한국현대문학사 기술에도 등장한다. 국립국어원 우리말사전에 새 문학용어로 등재되는가 하면, 한국문학평론가협회 편《인문학용어대사전》에 문학비평 용어로도 수록되었다. 교보문고의 디카시 낭독회, 국립중앙도서관의 디카시 기획전, 창원중앙여고의 디카시 제작하기 학습 등은 SNS 전성시대에 최적화된 문예장르로서의 흥왕한 미래를 예고한다.

또 있다. 충남 홍성의 결성향교와 디카시의 연대는 소외된 전통문화의 부양을, 그리고 노숙인 희망아카데미에서의 디카시를 통한 치유 및 재활 프로그램은 불우한 사회 구성원들을 위무하는 공익의 역할을 감당한 사례다. 디카시연구소는 경상남도 고성교육지원청과의 MOU를 통해 디카시의 긍정적 측면을 실제 학습현장에 적용하는 방안을 모색하고 있으며, 계간지《디카시》의 발간을 통해 이러한 정보를 독자들과 나누고 있다. 언론사들 가운데《머니투데이》,《오마이뉴스》,《고성신문》,《백세시대》,《경남일보》,《울산제일일보》,《뉴스N제주》같은 매체에서는 디카시의 연재 또는 해설을 통해 그 저변 확대와 디카시에 대한 창작의 관심을 견인하고 있다. 이러한 여러 유형의 노력이 많은 유력한 문인들의 디카시 창작과 함께 동시다발적으로 일어나고 있으니, 이 새로운 문예장르의 앞날에 밝은 청신호가 내걸렸다고 보는 이유다.

차제에 디카시의 활성화를 위한 이 '고난의 행군'이 국내에서만 시행되지 않고 해외로 확대되고 있는 것은 매우 바람직한 일이 아닐 수 없다. 미국 큰 도시에서의 새로운 시작은 물론 중국 하남성을 중심으로 시작된 '중국 대학생 한글 디카시 공모전'은 벌써 그 성과를 보이기 시작한 국제적 확산의 시범적인 경우에 해당한다. 어느 누구도 이렇게 막이 오른 디카시가 어디까지 나아갈지를, 또 그 국제적 행보의 내일을 장담하여 말할 수 없다. 하지만 시대적 조류의 형용과 이에 대한 시인 및 독자들의 대응을 유념할 때, 이 문예장르가 번성했으면 했지 위축되는 일은 없을 것으로 확신한다. 디카시의 창작자들, 이를 공명共鳴하며 누리는 동호인과 독자들은 이의 문화적·역사적 의의에 대해 자긍심을 가져도 좋을 것이다.

한반도 남녘의 작은 고장에서 출범하여 온 나라를 적시고 이제 세계를 향해 흐름을 이어가는 이 소중한 물결을 잘 부양하고 양성할 책임이 우리 모두에게 있다. 한국디카시인협회와 디카시연구소에서도 기구의 조직을 효율적으로 정비하고 창의적인 사업을 구상하며 국내 유관 문학단체나 문예지

및 문학관과의 MOU를 확대해 나가야 할 것이다. 그리고 정작 깊이 명념해야 할 일은, 디카시를 통한 문학운동에 '운동'만 남고 '문학'이 희석되는 사태가 있어서는 안 된다는 것이다. 디카시로 인하여 창작자와 수용자가 서로 즐겁고 행복하지 않으면, 이 모든 세설細說은 그야말로 별반 가치 없는 것이 될 터이다.

3. 시카고와 뉴욕에서 선보인 한국의 디카시

시카고는 '호수와 바람의 도시'로 불리는, 미국에서 세 번째로 큰 인구 밀집 지역이다. 수년 전 이곳 한인문화회관에서 한국에서 발원한 문예장르인 디카시에 관한 강연회가 열렸다. 강사는 이 글을 쓰고 있는 필자였다. 시카고 예지문학회와 시카고문인회 회원 150여 명이 참석한 이 날 강연회는, 모국어 문학에 대한 뜨거운 관심과 호응 속에 2개의 주제로 진행되었다. 하나는 '통일시대, 한민족 문학의 내일'이었고 다른 하나는 '디카시, 디지털 시대의 새로운 시운동'이었다. 두 주제는 논의 영역과 방향이 전혀 다르지만, 문학의 새로운 시대적 조류를 조명한다는 점에 있어서는 공통점이 있었다.

디카시 강의는 PPT 화면 자료와 더불어 왜 디카시가 동시대의 첨예한 화두가 될 수 있는가, 그 발원과 전개는 어떠한가, 현재 어떻게 그 창작과 수용이 확산되고 있는가, 그리고 대표적인 디카시의 면모가 어떠한가 등의 내용으로 이루어졌다. 중요한 것은 단순히 한국에서 시작된 하나의 시운동, 문예장르 운동에 대한 설명으로 그친 것이 아니라 청중들의 놀랄 만한 반응이요 이 시 장르에 대한 이해였다. 알고 보니 이미 거의 디카시의 개념에 가까운 시 활동을 하고 있는 문인이 여러 분 있었고, 이는 디카시가 가진 보편적인 욕구와 시대정신과의 정합성, 세계적 확산 가능성을 말하는 것이었다.

이 강연회 이전에 사전 논의에 따라 시카고의 문인들은 '시카고 디카시연구회'를 결성했다. 시카고 지역에서 문학 활동의 연조가 오랜 배미순 시인과 소설가이자 동화작가인 신정순 박사가 공동회장을 맡고 함께 추진해 나갈 다수의 임원들을 선임했다. 시카고 디카시연구회는 발 빠르게 회원 성유나 씨를 등록인으로 하여 주 정부에 단체 등록을 마치고 공식적인 문화예술 기구로 출범했다. 강연회 당일 오전 한국 디카시연구소와 시카고 디카시연구회는 '디카시 글로벌화 및 창작활동 지원을 위한 업무협약서'에 서명, MOU를 체결했다. 한국의 디카시연구소 상임고문을 맡고 있는 필자가, 그리고 시카고의 배미순·신정순 공동회장이 서명했다.

이 협약서의 문면에 따르면 양 기관은 디카시 프로그램의 개발과 실행을 통하여 상호 발전을 도모하고, 이를 위해 긴밀한 업무 협조가 필요하다는 데 이해를 함께 했다. 또한 양 기관은 전문화된 인적·물적 자원을 활용하여 디카시국제페스티벌, 디카시공모전, 창작활동 세미나 외 다양한 문학예술 활동을 위한 프로그램을 상호 지원하기로 했다. 물론 이와 같은 협약서가 법적 구속력을 가지고 있지는 않다. 그러나 한국과 미국의 문학단체가 새로운 문예활동에 관한 공동의 목표를

전제하고 이를 문건을 통해 명문화하며 향후 적극적인 협력을 펼쳐 나가기로 한 것은 미상불 놀라운 일이다.

이는 비단 디카시의 영역에 국한되는 것이 아니라 모국어 문학과 해외 한민족 디아스포라 문학이 새로운 연대와 성과를 함께 축적해 나가는 수범 사례가 되기도 할 터이다. 그런가 하면 그로부터 이틀 후 세계 최대의 도시 뉴욕에서 이에 버금가는 문학 모임이 또 있었다. 뉴욕 플러싱의 금강산연회장에서 미동부한인문인협회 주최로, 그리고 회장 황미광 시인의 사회로 필자의 강연회가 시카고에서와 거의 동일한 주제로 개최되었다. 여기에는 100여 명의 뉴욕과 뉴저지 일대의 문인, 평통 관계자, 언론인들이 참석하여 성황을 이루었다. 이중문화와 이중 언어에 부대끼며 살아가는 곤고한 이민자의 일상 가운데, 이처럼 많은 문학 애호가가 함께 모이는 일은 사뭇 드물다고 한다. 필자는 이 자리에서도 디카시가 발아 및 성장 과정을 설명했다.

동시에 그 동시대적이고 운명론적인 존재양식을 강조했다. 뉴욕 문인들의 반응은 아주 좋았다. 한국에 그 문명文名이 알려져 있는 시인들은 시를 공부하는 문하생들과 더불어 디카시 창작을 수행해 보겠다고 했다. 필자의 제자이자 한국시인협회에도 소속이 있는 시인들도 함께 시 창작을 하고 있는 문학 모임에서 디카시 학습과 실제 창작을 적극적으로 펼쳐보겠다고 약속했다. 미동부한인문인협회 회장은 협회 차원의 추진 방안을 연구해 보기로 했다. 이러한 분위기는 그냥 생성되는 것이 아니다. 오랜 시일을 두고 다진 인간적 우의와 문학적

유대가 그 가운데 있었다. 이와 같은 디카시 해외 확산의 자리는 이제 다른 나라 다른 지역에서, 그리고 다른 날에 동시다발로 재현될 것이다. 그러기에 언필칭 새로운 문화한류인 것이다.

햇살 방석

2021년 9월 6일 초판 1쇄 인쇄
2021년 9월 15일 초판 1쇄 발행

지은이 | 강남수 외
펴낸이 | 孫貞順

펴낸곳 | 도서출판 작가
     (03756) 서울 서대문구 북아현로6길 50
     전화 | 02)365-8111~2 팩스 | 02)365-8110
     이메일 | morebook@naver.com
     홈페이지 | www.morebook.co.kr
     등록번호 | 제13-630호.(2000. 2. 9.)

엮은이 | 한국디카시연구소, 한국디카시인협회
편집 | 손희 김치성 설재원
디자인 | 오경은 박근영
영업 | 박영민
관리 | 이용승

ISBN 979-11-90566-24-7 03810

잘못된 책은 구입하신 서점에서 바꾸어 드립니다.

값 12,000원